13 Juin 1902. V

SUCCESSION

de M. le Baron de MEYENDORFF

ANCIEN AMBASSADEUR DE RUSSIE

TABLEAUX ANCIENS

BEAU MOBILIER

BRONZES D'ART ET D'AMEUBLEMENT

Argenterie et Métal

VAISSELLE ET VERRERIE

MÉNARD & CHAUFOUR
8 & 10, RUE MILTON
PARIS

SUCCESSION

de M. le Baron de MEYENDORFF

TABLEAUX ANCIENS

PAR OU ATTRIBUÉS A

Crivelli — Hondekœter — Murillo — Ravenstein
L. de Vinci, etc.

MEUBLES ANCIENS & MODERNES

BISCUITS

BRONZES D'ART ET D'AMEUBLEMENT

Argenterie et Métal

LIVRES

VAISSELLE ET VERRERIE DÉCORÉES

TAPIS ET TENTURES

VENTE

Les Vendredi 13 et Samedi 14 Juin 1902

A DEUX HEURES

121, Avenue des Champs-Élysées

Me E. BOUDIN, Commissaire-Priseur, 102, Rue de Richelieu

M. FÉRAL
EXPERT
54, Faubourg Montmartre

M. Jean FONTAINE
LIBRAIRE
30, Boulevard Haussmann

Exposition le Jeudi 12 Juin 1902, de 1 h. 1/2 à 5 h 1/2

CONDITIONS DE LA VENTE

La vente sera faite au comptant.

Les acquéreurs paieront *dix pour cent* en sus des prix d'adjudication.

L'exposition mettant le public à même de se rendre compte de l'état des objets, il ne sera admis aucune reclamation une fois l'adjudication prononcée.

Paris Imprimerie Ménard et Chaufour, 8-10, rue Milton.

DÉSIGNATION

TABLEAUX

CRIVELLI (Jacques)

Deux pendants

1 — *Chiens gardant du gibier mort.*

2 — *Canards sauvages surpris par un oiseau de proie.*

Beaux tableaux de l'artiste.

HONDEKOETER (Gillis de)

3 — *Oiseaux morts réunis sur une table de pierre.*

MURILLO (Attribué à B.-E.)

4 — *La Vierge et l'Enfant Jésus.*

RAVENSTEIN (JEAN VAN)

5 — *Portrait d'un officier.*

Vu à mi-corps, tourné de trois quarts vers la droite, en habit brun; il porte un large col bordé de dentelle sur un colletin damasquiné. En haut, à gauche, le millésime 1640.

VINCI (Attribué à LÉONARD DE)

6 — *La Vierge, l'Enfant Jésus, saint Jean-Baptiste et une sainte.*

ÉCOLE ALLEMANDE

7 — *Le Vieux philosophe.*

ÉCOLE MODERNE

8 — *Portrait de l'Empereur de Russie Nicolas II.*

ÉCOLE VÉNITIENNE

9 — *Portrait d'un gentilhomme vêtu de rouge.*

10 — Sous ce numéro seront vendus les tableaux, dessins ou gravures non catalogués.

MEUBLES ET SIÈGES

11 — Meuble important de salon en bois sculpté et doré, style Louis XV, recouvert en broché de soie jaune d'or à fleurs comprenant deux canapés, quatre bergères, quatre fauteuils, quatre tabourets de DAMON et COLIN.

12 — Chaise longue bois sculpté et doré, style Louis XV recouvert en broché de soie jaune.

13 — Grand canapé en velours de Gênes, fonds crème et coussins peluche de soie chaudron brodée.

14 — Deux grands fauteuils en maroquin plein avec coussins et appuie-dos maroquin.

15 — Console Louis XV à pieds de bouc et têtes de béliers, bois sculpté et doré, dessus de marbre.

16 — Cabinet chinois en bois laqué à décors de fleurs, pied en bois noir.

17 — Table à thé en acajou ciré, garnie de bronzes dorés, plateau en cristal garni de bronze doré.

18 — Grande console bois sculpté et doré, style Louis XV, pieds ornés de cariatides de femmes, dessus de marbre vert de mer.

19 — Console bois sculpté et doré, style Louis XV à guirlandes de fleurs, dessus de marbre blanc.

20 — Petite table carrée Louis XV, bois sculpté et doré, dessus de marbre.

21 — Table ronde guéridon, bois sculpté et doré Louis XVI, dessus belle mosaïque de marbre formant damier.

22 — Petite table mosaïque de Florence montée sur pied de bronze doré.

23 — Fauteuil Louis XV bois sculpté et doré, recouvert en étoffe tissée d'argent.

24 — Bureau style Louis XV en bois de rose et bois de violette satinés, garni de bronzes dorés.

25 — Bibliothèque tournante en chêne.

26 — Petite table à jeu en bois verni avec dessus marqueté de bois.

27 — Table carrée pieds en chêne.

28 — Deux vitrines style Louis XIV en bois noir, marqueterie de cuivre et d'étain orné de bronzes dorés.

29 — Deux bibliothèques étagères en noyer avec filets noirs.

30 — Colonne en marbre vert de mer.

31 — Commode Louis XV en marqueterie de bois garnie de bronzes dorés, dessus de marbre.

32 — Porte-chapeaux porte-parapluies.

33 — Armoire-placard anglaise.

34 — Petit tabouret carré en bois de fer, dessus de marbre.

35 — Petit tabouret d'encoignure bois de fer, incrusté de nacre, dessus de marbre.

36 — Deux colonnes en marbre veiné, ceinturée de feuilles de lierre et chêne en bronze doré, chapiteau en bronze doré, plateau de marbre.

37 — Fauteuil garde-robe, recouvert en peluche.

38 — Chaise longue en peluche avec son coussin.

39 — Chaise noyer dossier ajouré, siège en cuir.

40 — Fauteuil de bureau tournant en acajou de la maison MAPPLE, siège et dossier en maroquin.

41 — Fauteuil de bureau en noyer, siège en maroquin.

42 — Rocking chair en acajou foncé, siège en cuir imprimé

43 — Grand lit palissandre et sommier.

44 — Petit buffet étagère en acajou avec dessus en marbre.

45 — Console Empire en acajou, dessus marbre jaune.

46 — Grande commode Louis XIV, bois satiné, garni de bronze, dessus de marbre.

47 — Grande table carrée, style Louis XV, en chêne, cinq rallonges et deux bouts.

48 — Buffet étagère en chêne sculpté, style Louis XV.

49 — Huit chaises bois tourné, dossier et siège en cuir sur canne.

50 — Deux étagères bibliothèques en noyer filets noirs.

51 — Pupitre à musique, à crémaillère.

52 — Plateau en laque incrusté d'étain sur pied pliant.

53 — Bibliothèque vitrée en acajou.

54 — Une table noire marqueterie.

55 — Miroir cadre bois sculpté et doré décor de feuillages.

56 — Grande glace à encadrement de glace gravé, cadre bois sculpté et doré surmonté de cariatides de femme.

56 *bis* — Grande glace cadre bois sculpté et doré à rocailles.

BRONZES ET OBJETS D'ART

57 — Belle garniture de cheminée style Louis XVI bronze doré, composée d'une pendule formée d'un vase à tête de béliers avec amours bacchants et de deux candélabres, formés chacun d'une cariatide de femme supportant sept lumières.

58 — Groupe en bronze patine brune : La Jeunesse enlevée par des amours, de MADRASSI, socle marbre rouge.

59 — Buste en bronze : Napoléon, premier consul, de BOIZOT.

60 — Buste en marbre : Enfant riant.

60 *bis* — Buste de jeune femme terre cuite de HENDRICKS, socle onyx.

61 — Buste de femme en biscuit.

62 — Buste en terre, tête de femme couronnée.

63 — Deux statuettes en biscuit : Jeunes femmes et amours.

64 — Deux bouts de table bronze doré formés chacun d'un groupe de deux nymphes en biscuit.

64 *bis* — Plaque de porcelaine peinte, encadré formant tableau représentant deux enfants d'après VAN DYCK.

65 — Statuette terre cuite : La Frileuse, de HOUDON.

66 — Lampe pompéienne en marbre sculpté.

67 — Faux Dieu égyptien en terre rouge vernissé.

68 — Coupe en marbre.

69 — Deux petits vases à anses formant coupes en bronze argenté, socle en onyx.

70 — Flambeau bout de table à deux lumières, formé d'une femme acrobate, de CARLIER.

71 — Deux flambeaux en bronze, style Renaissance.

72 — Flambeau de bureau à quatre lumières en bronze doré avec son écran.

73 — Glace psyché, cadre et montants en argent.

74 — Deux lampes en porcelaine céladon monture bronze doré à pétrole et transformées pour l'électricité.

75 — Deux girandoles en bronze doré. Style Louis XV.

76 — Six grandes girandoles à six lumières.

77 — Quatre girandoles à trois lumières.

78 — Grand plat en argent repoussé avec sujet : La Chasse au cerf.

79 — Grand plat en argent repoussé sujet : La Chasse à l'ours.

80 — Plat en argent repoussé : Enfant jouant au cerceau.

81 — Plat argent repoussé : Pastorale.

82 — Deux plats argent repoussé avec anses argent doré.

83 — Deux candélabres en bronze doré à quatre lumières.

84 — Quatre grands flambeaux en argent repoussé partie doré.

85 — Deux grands flambeaux. Style Louis XV.

86 — Huit flambeaux. Style Louis XV.

87 — Deux flambeaux même style.

88 — Seize flambeaux. Style Louis XV.

89 — Trois petits bougeoirs.

90 — Deux flambeaux et un bougeoir.

91 — Quatre lustres plafonniers pour électricité, cristal, garniture bronze doré.

TENTURES, TAPIS

92 — Quatre rideaux de fenêtre en peluche de soie jaune.

92 *bis* — Sept garnitures de fenêtres en rideaux de broché soie jaune avec lambrequins même étoffe.

93 — Portière en étoffe de soie jaune quadrillée brodée de fleurs au passé.

94 — Grande carpette en Smyrne fond rouge.

95 — Tapis d'Aubusson, dessin à fleurs.

96 — Grande carpette de Smyrne.

ARGENTERIE, VERMEIL
ET MÉTAL

97 — Quatre coupe à pieds vermeil ciselés, bords Louis XV.

98 — Aiguière en cristal, monture vermeil.

99 — Petit plateau en vermeil à trois pieds, marli ajouré. Style Louis XV.

100 — Deux cloches à fromage en cristal, monture vermeil. Style Louis XV.

101 — Service à poisson composé de douze fourchettes et couteau manche argent, lame vermeillée.

102 — Vingt-quatre petites cuillères à café argent doré.

103 — Truelle et pelle à tarte, couteau à beurre.

104 — Cinq pinces à asperges.

105 — Ramasse-miettes.

106 — Deux salières bouts de table métal.

107 — Saladier cristal, tour en argent et son couvert argent et vermeil. Style Louis XV.

108 — Porte-caraton à trois places avec ses flacons.

109 — Ménagère à quatre places.

110 — Porte-carafon à quatre places (incomplet).

111 — Cabaret à liqueurs bronze doré.

112 — Quatre rafraichissoires.

113 — Deux plateaux à anses fonds.

114 — Grand plateau à anses fonds uni.

115 — Deux réchauds ronds hauts.

116 — Deux réchauds ronds bas.

117 — Quatre dessous de carafes.

118 — Seize assiettes en étain.

119 — Bouilloire à thé, son pied et sa lampe.

120 — Huit bols argent intérieur vermeillé.

121 — Deux corbeilles à pain avec anses argent.

122 — Deux légumiers.

123 — Quatre plats longs à filets.

124 — Vingt plats ronds à filets.

125 — Deux tours de plats ovales et quatre tours de plats ronds.

126 — Six plateaux ronds métal.

127 — Un plateau à cartes.

128 — Deux plateaux carrés en repoussé.

129 — Deux plateaux unis.

VERRERIE ET VAISSELLE

130 — Service de verrerie composé de :
Onze coupes à vin de champagne.
Vingt verres à vin de Bordeaux.
Seize verres à vin du Rhin
en cristal fin, décor or style Louis XV et vingt-sept rince-bouche avec leurs assiettes en cristal taillé, dessin de fleurs.

131 — Service de verrerie en cristal taillé à rinceaux, composé de :
Vingt grands verres.
Dix-huit verres à vin blanc.
Quinze verres à vin de Madère.
Huit verres à vin de Bordeaux.
Vingt carafes.

132 — Dix-sept verres à bière en cristal uni.

133 — Seize verres à sirop en cristal uni.

134 — Onze verres à punch en cristal uni.

135 — Huit carafes en cristal taillé à facettes.

136 — Service de verrerie en cristal uni, forme ballon, composé de :

Dix-huit verres à vin de Bordeaux.
Vingt verres à vin de Madère.
Vingt verres à vin blanc.

137 — Service de dix tasses à café et de dix tasses à thé avec leurs soucoupes, en porcelaine fine à fond rose.

138 — Service à thé et à café en porcelaine blanche à décor rose et or, à sujets de personnages et amours, composé de :

Trois cafetières
Un pot à eau chaude
Dix tasses à thé
Neuf tasses à café
Vingt soucoupes
Deux bols.

139 — Huit pots à crème en porcelaine blanche décorée de semis de fleurs. Genre Empire.

140 — Beau service de table en porcelaine blanche de Nyon à décors d'amours, marli orné de guirlandes dorées et bou-

quets de fleurs, composé de cent soixante huit pièces :

Deux plats longs à poisson
Huit plats ronds
Quatre plats ovales
Deux soupières et plats
Deux légumiers
Deux saucières
Quatre raviers
Trois saladiers
Quatre compotiers bas
Deux coupes
Deux sucriers
Six salières
Dix-huit tasses
Dix-huit soucoupes
Et cent vingt-neuf assiettes.

141 — Service de table en faïence anglaise, ton ivoire, composé de soupière, légumiers, plats, saucières, raviers, compotiers, assiettes, etc.

142 — Quarante-trois assiettes à dessert porcelaine couleur ivoire, marli bordé or à décor feuillages et insectes.

LIVRES

143 — Sous ce numéro seront vendus quinze cents volumes anciens et modernes.

OBJETS DIVERS

144 — Batterie de cuisine.
Débarras.
Meubles courants.

PARIS, IMPRIMERIE MÉNARD ET CHAUFOUR
8-10, Rue Milton

www.ingramcontent.com/pod-product-compliance
Ingram Content Group UK Ltd.
Pitfield, Milton Keynes, MK11 3LW, UK
UKHW020231180726
13838UKWH00005B/2320

9 782329 368115